なんかでてるとてもでてる

蜆シモーヌ
Sijimi Simone

思潮社

なんかでてるとてもでてる

蜆シモーヌ

思潮社

目次

装幀　中島浩

なんかでてるとてもでてる

ミサ

麝香草が
ひくい
かげをつくる
かわいた午
祈る手が
音なく
のびてきて
ひねる
真鍮の
蛇口から
水がとびたつと

丘のうえで
ミサがはじまる
とびたつ水は
らせんの
きょくりつに
のる
なびく
ながれる
追うように
ひとりの紳士が
かけだす
いけない
まだはやい
祈る手のみるまえで
紳士は落ちる
まるい

水の
とろーち
でる
でる
あふれでる
ひがさをさした
未亡人が
とろーちを
つまみ
ひとくち
くちへはこぶと
たちまち
とびたつ
まわたのように
丘から
とびたつ

ひがさもとびたつ
さいごに
いのる手が
丘から
とびたつ
麝香草の匂いが
くふんとして
教会の鐘が
ミサの
おわりを告げる

きみは黙って改宗する

受難

たいいくの授業の
あとの
ぼくたちの
教室の倦怠と
性でふくらんだ
からだの
体積と
つぶした
うわばきの
かかとの
汚れは

ぼくたちの
苦い春でした
ひとつまえの
席の
えんどうくんは
からだをこごませ
なよやかに
しろい
たいそうふくを
おとなしく
ぬいでいく
とちゅうでした
くりいろのまきげと
ほくろのきれいな
えんどうくんの童顔は
まくれた

たいそうふくの
おくに
封じられて
えんどうくんは
せなかに
なりました
ぼくの目のまえで
はだかに
なりました
封じられて
わんきょくする
えんどうくんの半身に
ぼくという春は
礫にされました
たいいくの授業の
あとの教室で

ぼくという性は
失語しました

ぼくのねぐせに
やさしく
櫛をとおしてくれた
えんどうくんは
理髪店をつぎました

お肉しんぽじうむ

おおきな肉の
おっ
かたまりに
お手てがお手てが
のびてくる
わたわたたくしこそが
この肉を
わしづかんでみせる
かならず
なまで
いただいてみせる

なかまで
さいごまで
いたってみせる
おっふふ
本日はまことに
おっ
あつまりいただき
まことに盛況
お肉しんぽじうむ
ぬんぽ
みもむんぽ
お手てがよろこぶ
おっ
かたまりの
お肉のなかへ
本日はまことに

おっ
こしくださり
まことに盛況
お肉しんぽ
じうむ
ぬぽ
ぬるっぽ
なまぽ
おっ
ちぬる
お手てがお手てが
ぬぬる
のびてくる
おあぶ
らび
れまみれ

うぃーらぶお肉
本日はよくも
おあぶ
のおまるな
みなさま
おっ
ずぶぶお肉のなかへ
ようこそ
まことにまことに
おっ
ちぬる
おまえたちの手は
よろこびいさみ
おおきな肉の
おっ
かたまりの

最奥にある神殿をさぐりあて
われさきにと
神のもとへかけつけ
おっ
ちぬる
みでぃあむれあで捧げられ
おっ
ちぬる
ちーしたたるおまえたちの手は
肉のおっ
かたまりごと
おっ
ちぬられ
神に
受肉られる使徒となり
いつか

その神の肉こそ
おっ
ちぬらしむる日をひそかに夢みて
よろこびいさみ
みでぃあむれあで
おっ
ちぬる
ころせ
くいころせ
おまえをくらわせ
神くいころせ
ころせばわかる
おおきな
穴の
おっ
かたまりが

おっ
恥
ぬるりと
あらわれ
で、でるや
神や肉も
おれや
おまえたちも
みいんな
丸ごと
おっ
恥
ぬるりと
おっ
ちぬる
穴そのものとして穴へ

おっ
ちぬる
だあくまたあ
なのだ
さよおなら

本日は
まことに盛況
聖なる
お肉しんぽじうむ

なんかでてるとてもでてる

ただそこにいる
だけなのに
そのひとからは
なんかでてる
そのひとからは
なんかにじみでてる
ふえろもん
いえちがう
おーら
いえちがう
なんかもっと

こう
はらはら
でてるもの
おもてにしては
いけないいもの
（
　い、いけないわ　）

それをあじわう
ことはできて
あじわったからといって
そのひとは
あたしに
たいかを
ようきゅーしはしない
おそらく

そのひとは
しってるのです
にじみでてるのを
しってるのです
にじみでてるのを
たれかがちゃっかり
あじわってるのも
ちゃんと
しってるのです
あの
あたし
いっちゃっても
いーですか
あの
にじみでてる
いけないいなんかに

もし
どっぷりひたれるなら
あたし
もー
じんせーを
ぼーにふってもいい
（
　あ、いっちゃった
）

きっとあたしも
でているのだろう
なんかでてる
あの
なんかをあたしが
ちゃっかり
あじわっちゃってる

さいちゅー
きっとあたしの
なかからも
なんかいけない
なんかがきっと
にじみでてるのだろうとおもう
とくしゅな
りとますしけんしなんかを
あたしのはんけい
すうめーとるいないに
かざすときっと
検出される
みちの数値を
みみにするだろう
でも
なんかでてて

なにがいけない
だって
ふれるって
そーゆー
ことでしょお？
でてるって
ゆー
ことでしょお？
いーえ
ふれなくたって
なんかでてる
せっしょく面をゆうするものは
たとえそれが
どんなおおきさのめんせきでも
たえまなく
そこからなんかでてる

ゆうきぶつも
むきぶつも
いんじされてる文字も
ういるすも
ほつれた糸のさきっちょも
なみだぼくろのよこっちょも
かたちをとらない思い出や
すがたをけしたさびしいあと地も
やっぱりそこから
なんかでてる
いちど
そうだとみとめてみる
あ、うん
そうあたしはにんげんだから
おなじ
なんかでてるでも

やっぱり
おなじにんげんのからだから
でてるなんかに
あ、うん　とくる
だから
ただそこにいる
だけなのに
あのひとからは
なんかでてる
から
きになっちゃう
から
あじわっちゃう
から
そのうち
あたし

あのひとにぜんぶ
もっていかれて
感染しちゃう
のではなかろうか
いえ
おそらくしちゃうし
しちゃいたい
だって
いきてるって
そーゆー
ことでしょお？
うつっちゃうって
ゆー
ことでしょお？

なにをたよりに

いきてきたのだろう
ふゆのあさ
あたし
べっどのうえ
なにもしらないのに
あっ、雪
とおもうのは
あれはどうしてなのだろう
それは雪から
なんかでてるし
あたしのなんかも
べっどからもうでてて
ふたつのでてるが
こすれあって
雪がくうきにもたらしてる
しつりょうへんかを

検出するから
だから
あっ、雪は
あたしの
あっ、雪なのだけど
雪の
あっ、雪でもあるってこと
だって
わかりあえるって
そーゆー
ことでしょお？
あなたのあなたが
このあたしって
ゆー
ことでしょお？

あたしたち
でてる
とても
あたしたち
なんかだしてる
とてもだしてる
あいしあってる
あいしあいたいからだで
いきてるとても
あたしたちいきてる
あいするからだで
とてもあたしたち
まいにちとても
あたしたち
いきてる
あいがほしくて

あいがほしくて
とてもほしくて
だしたくて
いつも
だしたくて
いつも
あたしたち
こんなに
なんか
とても
いきてる

きずも
ぼうりょくも
ぞうおも
きちがいも

そんなもの
もし
はじめに
あいがなかったら
そんなもの
ここに
ひとつも
なかったろお

ただそこにいる
だけなのに
そのひとからは
なんかでてる
あれはなんなのか
あたし
いよいよ

はらはらして

天使
いえちがう
薔薇
いえちがう

もう
いわなくちゃ
もう
あれがなんなのか
もし
まちがえれば
とびちるだろう
あいが
ちしりょう

とびちるだろう

いいます

あれは
遠いふぉすふぉれっせんすの
しっぽーてき残光です
あたしたちは
ひとりのこらず
うしなわれていく
未来のほうからやってきた
あれは
はじめから
それをしっていて
なお
いとおしく未来へかがやこうとするものです

命令

うす生地のスカートに
はつなつがすける
汗ばむ
ふくらはぎも
なつ化して
まぶたはごごの
ひかりへ
こぼれ
そらはきのうよりもずっとたかい
はやく
いきたい

あのたかさまで
いっちょくせんにあなたのところへ
うれしい
とめられない
じょうしょうする
発育の目盛
あなただけがわたしをしっている
ください
はやく
わたしにください
そのために
いま
わたしは十二才なのです
ゆうだちが
きて
いきれ

またきえて
いま
きつくしまる
しろい決意
なしとげるときを待つ殉教者の
わたし

なつのそらから
命令が
くだされる

少女の性はそらへさくれつし
十二才が満了する

王女白梅

まるく
はる
むぁ
わ　ぷぁ
王女白梅の
ゆびさき
さけ
ほとばしる
あれ

（　なに

あれ　　　　　　　　）
たてに
すいあげられ
まるく
はる
王女白梅の
ゆびさき
むぁ
わ　ぷぁ
まんたんになり
天に
さされた
ふとい
くだをもちい
天に

さされた
ふとい
くだをもちい
ほほえむ
白梅の
まるく
はる
ゆびさきは
天に
さされ
えらばれて
すいあげられる
あがる
ひといきに
あがる
いちほうこうに

たてに
ひといきに
善意は
白梅の
ほこらかに
まるく
はる
ゆびさきから
あがる
みちみちて
あがる
いさましくも
あがる
王女白梅の
善意
ん　っ、

ぴゅ
　　　　　　　ぴゅちる

（　ぜんぶ
　　あげる
　　　　　　）

まるくはる
王女白梅は分配する
えらばれに
いくものたちの
異端の光を
はこばれに
いくものたちの
垂直の美を

りもーとふぃーと

りゆりゆりゆりゆ
ながい
ちゅーぶが
むきゅーのVOIDに
みるみる
のびて
いまにも
りもーとふぃーとを
ばきゅーむ
していく
りゆりゆりゆりゆ

恋をする
ながい
ちゅーぶが
ぼいんなVOIDへ
でぃーぷに
とーたつして
りもーとふぃーとを
希求していく

ふーわ
はにーでぃっぷな
光のしたたる
わんだーらんどで
恋人たちは
おしりを
たてにふる

あおいくじゃくの
きゅーあいすてっぷ
おしみなく
愛を
うったえている
まなつの
ほっとちりぺっぱーも
ふるもーどで
はつじょーしている
やっぱり
たてに
まっかっかなので
ありまして
どうして
あんなに
まっかっかなのか

どうして
くじゃくのくびは
あんなに
ながくてあおいのか
どうか
わかってほしいのです
あれはですから
りもーとふぃーとを
夢想してるうちに
あー
なったのです
（しー）
しんと
しずまりかえり
風もえんりょして
とばない夜です

あかりのおちた遊園地の
すみのごんどらの
はしに腰かけて
はなす
ふたつみっつの声が
きこえてきます

むじんの列車が
しんくうのちゅーぶを
まっすぐたてに
走っていきます

まったく
あんていした

うんてんが
あるものです

あんなに
すむーすなのも
じどううんてんの
せいでしょう

うごかしているのは
あたらしい
電気や
水素ですか

いいえ
あれはみんな
りもーとふぃーとの
動力なのです

すると文明はもう
そんなさきまで
はってんを
したのですか

いいえ文明は
うんとしりぞきました
あれははるか
紀元前の遺産です

あー
それは
とてもいい
知らせだ

ああもきれいに
すすむのですから
れんけつもさぞ
うまくいっているのでしょう

りもーとふぃーとの動力は
億万光年さきの

VOIDの良導体に
せつぞくしています

（

あたまをたてに
つかうとよいのです
わたくしという
げんしょーは
わたくしという
ちゅーぶを
とおりぬけていく
いっかい性の
わたくしという
じゅんすい
はんぷくうんどう

ですから
なんどだって
やりなおせます
はたして
わたくしという
げんしょーは
むきゅーの
VOIDの
じゆーぼうちよう
のなかへ
すすんで
ふくまれていくより
しかたのないものです
こんどこそもう
安心してください
）

りもーとふぃーと
あっぷわーどもーどの
みちびきとともに
とてもいいちゅーぶが
救済にのりだす
まんたんの
VOIDが
信仰心をもちあげて
じんるいは
くちをまうえにひらくだろう
ひとさしゆびもすいちょく離陸する

未来世紀
くじらはたてに泳ぐだろう

QUEUE

異国の地の
煉瓦の
狭いパサージュは
産道のようにくらかった
ここはなんどもとおったみち
どうも
今夜はかってがちがう
どこまでいっても
おわりがこない
まえにうしろにつづくひとかげの
しずけさも

どうも
しずかすぎやしないか

おれはその地でくるしんだ
やみとひかりとのごーいつを
ひとつの
かんがえにするのに
くるしんだ
あのころ
おれのはいぞうは
うすめた
しの
みずで
うるおっていた
はく息はかならず
白くなければならず

かかえた本は手のなかで
どれも
小さな棺になるほかなかった

みちなりに
パサージュを
おいかけていく
ゆるい
ひだりカーブへ
さしかかろお

お

お

お

お
お
お

と
も
び
る
の、
QUEUE
なんだ
そうか

そういうことだったか
たいくつな観覧車も
水上バスも
かずかずのとろうも
へきえきも
そうかこのためにあったのか
そーでぃーぷな
みっどないと
えぐぞーすてぃっど
もーどの
おれはみていた
この
やみのカーブから
ぞくぞく
おしおしのしてくる
この

おーともびるの
しの
Q　U　E　U　E
だ
やみをやみであらう
おーともびるの
しの
Q　U　E　U　E
だ
そこなしに
うったえかけてくる
この
へっどらいとへっどらいとへっどらいとの
しの
Q　U　E　U　E
に

おれを
からっぽで
ぶつけさせるために
おれを
わざわざつかれさせたのか
そうか
そういうことだったのか

やみはひかりを
ふくぞうし
ひかりはひかりを
ふくぞうし
しはいのちに
のりいれて
いのちはしを
うちひらく

やみとひかりとのごーいつは
なるほど
みっどないとの
いちぎょうの
おーともびるであったのか

ひだりカーブが
おわるとそこには
あんゆにみちた夜があった
高架下に
もうもうと
灯る
屋台のらんぷが
世紀末の
さいごのさんくちゅありーのようだった

足を入れると
火はサンバをおどり
まちわびる
夜のすとまっくたちが
鉄板をみつめてたっている
いきなり
くらいまっくすだった
おれは生きている
しの
Q U E U E
の最後部で
おれはしたたかに
生きている

まわるまわるわうわまわるわ

わたくし
よろこばしき
浄土をもちました
わたくしと
わたくしでないものとのあいだに
わたくし
よろこばしき
浄土をもちました
わたくし
よろこばしき
浄土をまわります

わたくしと
わたくしでないものとのために
わたくし
よろこばしき
浄土をまわります
わたくしは浄土をまわる星
だきよせられて
はなされて
ひきよせあいつつも
くっ
つきません

わたくし
浄土のひとになりました
この
いちぎょういちぎょうが

浄土の出です
浄土のひとになりましたいじょう
ぜつめいするまで
まわります
やりがとぼうが
あられがふろうが
わたくし
浄土をはしり
うまなみに
ごーじゃすな軌道を
まわる
うま
まわり
軌道はふくらみ
わたくし
うわまわり

わたくしと
わたくしでないものとの
あいだは
ますますふくらみ
わたくしと
わたくしでないものとも
もろともふくまれ
わたくしも
わたくしでないものも
融即し
まあぶるもようで
まわりだします
わいな
蓮花も輪廻も
わろてまいます
やろな

わろたらよろしい
わたくし
一生
まわらせてもらいます
わいな
うま
わるまわ
るわ
うまなみに
やにわに
うまれ
かわるわいな
おっ
　ぷ　　ん
鼻から新派がおどりでる
はあ？

ななな
なんだこれ
おっ
たまげははん
なるほど
ますますおもろなる
あはん
うぞうむぞうの
しゃるうぃーだんすで
浄土の
だんすほおるは
まんいんおんれー

ろーとしとる

R1《ラウンドワン》のゴングで
リングがグルーヴしとる
わかっとる
もうパンチ来とる
R1がリングのうえを
サラウンドしとる
ボックスしよーとしとる

ろーとしとる

ボックスしとるボクサーの

ステップが
パンチが
リングのうえを
サラウンドしとるR1を
吸いと**ろーとしとる**
ボックスしよーとしとる

ろーとしとる

グルーヴしとるリングのグルーヴを
ステップは
パンチは
ボックスで
集めと**ろーとしとる**
ヘリックス曲線状に
巻きと**ろーとしとる**

スクリューしとる

ろーとしとる

吸いとろーとしとろーとしとろーとしとる

しかし
というか

それで
というか

そもそも
というか

サラウンドしとるR1が

リングを吸いとろーとしとる

わかっとる
もう来とる
ステップも
パンチも
リングからぐんぐんとうえへうえへ
吸いとられろーとしとる
のっとられろーとしとる

漏斗しとる

リング上のグルーヴを
ステップが
パンチが

吸いと漏斗しとる
のっと漏斗しとる
この
漏斗しとるとるとるとるとるとるとる

VS

リング上のグルーヴに
ステップが
パンチが
吸いとられ漏斗しとる
のっとられ漏斗しとる
その
漏斗されとるとるとるとるとるとるとる

という

見えないR1が
R1の渦中にあることを
ステップも
パンチも
わかっとる
とおれはおもうとる
おれはリングを見とる

だが、おい
見ろ
リングはどこにある？

だが、おいおい
見ろ見ろ
R1はどこにある？

Ｒ１がリングを漏斗しとる

って
おいおいおい
さっきからなに見とる？
見ろ見ろ見ろ
Ｒ１に漏斗されとるリングのうえで
ボクサーが撃とうとして撃たなかった
見えないパンチパンチパンチ
おい、おい、おい、おい
どこ見とる？
その撃とうとして撃たなかった
見えないパンチが
リングを漏斗しとる
Ｒ１を漏斗しとる

わかっとる？
ほれほれほれ
沈みこむ重力場のなかへ
回転する力が
ぐるりぐるりとのみこまれていくように
ヘリックス曲線状に
見えないパンチが
リングのうえをサラウンドしとるＲ１を
巻きと漏斗しとる
ほれほれほれ
ちゃんと見とる？

ほれ見ろ
ほれ、ほれ
リングはそこにあろーとしとる
わかろーとしとる

頭のなかで
おれは
ボックスするボクサーたちに
おれじしんを重ねろーとしとる
って
おもっとる？
ちゃうちゃうちゃう
おれは
おれを飛び出し
この肉体の外へ飛び出し
リングのうえをサラウンドし漏斗しとるR1
になろーとしとる
のを
見ろーとしとる

のーり　め　たんげーれ

じょうるり
人形づかいの手は
いつも
人形のうごきのさきをいく

もし、
そうみえているなら
だまされている

じじつ

じょうるり
人形づかいの手は
いつも
人形のうごきのわずかあとをいく

それどころか

じょうるり
人形づかいの手は
どんなときも
人形のうごきにふれることができない

どうしてか

それは
人形の

のーり　め　たんげーれ
つまり
ふれるなかれ《Noli me tangere》
に
人形づかいの手が
つねに
従順だから

どういうことか

人形づかいの手は
人形に
さいしょのうごきを
さーぶする
それを
人形が

れしーぶして
それにしたがって
人形は
ようやく
うごきだそうとする
はずなのに
いつのまにか
人形は
人形づかいが
さーぶするうごきよりも
わずかにはやく
さきをいく
とゆーことがおきる

くりかえします

そもそも
じょうるり
人形をうごかす
人形づかいの手は
わずかに
人形のさきをいく
はずなのに
人形づかいの
さーぶにしたがって
人形は
あとからうごきだす
はずなのにもかかわらず
人形は
人形づかいよりも
わずかにはやく
さきをいく

とゆーことがおきる
ゆっくりみていきます

人形づかいから
人形へと
さーぶされていく
うごきは
人形が
れしーぶする
とどーじに
人形から
人形づかいへ
さーぶしかえされ
そこで
じつに

ことこまかに
ふぃーどばっくが
かかる
とどーじに
人形づかいは
人形の
うごきを
すばやくさっちして
あたらしくさーぶをして
いくわけだけども
この
さーぶ＝れしーぶ＝ふぃーどばっくの
反復回転の
さなか
なんと
まさかの

逆回転がおきるの　です！
ここまでよろしいか

すると
にわかに
のーり　め　たんげーれ
人形の
ふれるなかれ
がまわりはじめ
なんと
人形づかいが
人形の
うごきに
ふれることができない
とゆー

まさかの
逆転がおきるの　です！

ここしけんにでます

この逆転により
人形は
かせってきじこを
りざーぶして
じどーてきに
かせってきじこの
いんすとーるがはじまる
ここまでくると
もはやまるで
人形が人形づかいを
うごかしているようにみえてくる

ゆーなれば
じどーてき＝かせつてきじこ＝うんどー
が人形まわりをせっけんする
で、ですね
この
じどーてき＝かせつてきじこ＝うんどー
と逆回転との
にじゅーのうんどーに
おくれをとるまいと
人形づかいは
いきをあわせて
手をつくしていく
そのさなか
なんと
人形＝人形づかい間を
のーり　め　たんげーれ

ふれるなかれの
しーくれっとめかにくすが
ふるすろっとるで
まわりにまわり
ついに
ふれていないのに
ふれるよりも
超、ふれている
とゆー
とんだ
すきゃんだるがおきるの　です！

おーじーざす

この
超、ふれているの

うるとらしーを
だれにもさとられずに
人形づかいは
人形を
わずかに
人形づかいの手よりも
さきに
い　か　せ　て　い　た
って
わけなの　です！

あーいやらしー

ここだけの話、人形づかいの手のうごきは
すりの手つきによく似ているそうです。

にゅーばらんす

べっちん
くろいまるざぶのうえで
はんかふざして
自転して
つかいふるしの
ふみづくえ
いっしゃく
にすんにぶの低みのまえで
ぼくは
つねに半分でした
それで

のこりの半分は
ぼくのところへは来ませんでした
それで
運命も
やはり半分でした
そのわりあいをすこしでも
おおいほうへやろうとしたが
どーしてか
半分は半分を
てってーして
守ろうとするので
ありまして
てこでもうごかぬ覚悟
なのですから
そーゆーことなら
かまいません

どーぞご随意にと
いなしておりました
ところ
どこをどーして
そーなったのか
ある日
自転軸が
よろりと
振れてかたむいた
すると

にゅーばらんす

のこりの半分がまわって来ました
すると

にゅーばらんす

まろやかな
まるいべありんぐが
ぼくのまんなかにもうありました
そこへ
詩人になろーとしとる
とゆー感じの
質量が
べありんぐのあいだを
すーんと
ぬけていったのです

たった一日でぼくは転向しました

告白します

ぼくには
永久保存版の夢がある
それは
おなじたかさをむねにもち
おなじ平明さでまえをむき
天才的に
さきざきを
いっきつーかんしている
いくつもの
むめいのまなざしの
一糸となって
きよらかに
よこならびに
低く
ひらいていく
ながいながい

連結の夢
いまそれが
あるいは
実現するかもしれない
平日
ぼくは
詩人になろーとしとる
とゆー感じの
まるい
どーかしとる
べりぐーな
毎日を
とてもしあわせにすごしています

生来
白色矮星

であったかもしれない
ぼく
ここにきて
小爆発をりふれいんして
ぷぷぷぷ
がすをりりーすして
やがては
超新星爆発をりくえすとして
ふれっしゅな
ぜろ
と化すとしてもだ
人生なんて
われめでできてる
さよならなんて
われめでできてる
神様なんて

われめでできてる
われめになればなんでもできる
きっとぼくも
すすんでわれめになろう
ひとのいかない
低いほうへいこう
あかいぷりみてぃぶな
性になろう
それが
ぼくのしんじるあなきずむ
ぼくはそろそろ
この詩をおわろーとしとるが
ほんま
あさりになる細胞も
めんたまになる細胞も
もとはといえば

おなじ細胞
それが
あさりになるか
めんたまになるか
それは
なってみないとわからない
この
すりるまんてん
予測ふかのー性が
ぼくのまんなかで
まわろーとしとる
今日も
たくわえる慣性で
詩人になろーとしとるが
まわろーとしとる

きゃっつ　あい

そうです

あなたの手をひいて
おんもへでると
かおを顰めて
まぶしいまぶしいと
いやがった
プールにいれても
いやがった
に才のとき
あなたは溺れかけた

スイミングスクールで
上の階からあなたをみていた
こどもはみんな
いわれたとおりに
せなかにまるいヘルパーをつけて
水のあさいところにいて
コーチの話をまじめにきいていた
あなたはヘルパーをつけていなかった
ふらふらとプールサイドを歩きはじめて
なにをしているのかと
おもったとたん
すとんと深いところへ落っこちて
コーチは気づかなかった
たすけてーたすけてー
ガラスを叩いて
叫んでうったえた

ほかのお母さんたちも
ガラスを叩いて
叫んでうったえた
あなたはたすかった
そうだった
出かけるとかならず迷子になった
お店にいるひとたちまでまきこんで
探しまわったことがある
誘拐されたかもしれない
騒ぎになった
まさかとおもってのぞいてみると
カウンター席の下のくぼんだところに
じつにうまいことかくれていた
迷子になったのは
あれはわざとか
プールに落ちたのも

あれもわざとか
そうだった
あのときはほんとうにこわかった
夏休み
奈良にいる姉をたずねた
姉と姉の子らとどんづるぼうへ
ぶあつい石灰の岩がとおくまでつづき
とてもいい天気だった
なんの
まえぶれもなく
あなたはやった
めのまえで
だだだとかけだし
あっというまに見えなくなった
あの子はもうにどともどってこない
おそろしい考えにおそわれて

からだじゅうの血の気がひいて
祈るおもいで後を追いかけた
なんのことはない
天狗にでもなったつもりか
まんぞくそうに
大手を振って立っていた

あなたはそういう
子どもでした

そうして
あなたはおとなになり
さきがぜんぜん
よめない
まるでやみ

そうです

ぼくは
やみへ出かけました
全盲の女神に
えすこおとされて

やみはまことに
すんでいた
もう
まぶしいまぶしいと
かおを顰めなくてもよかった
ぼくは
やみのなかで
水をえたふぃっしゅになった
まことにうれしく

およいでいった
発展家のじしんで
ぐんぐんさきへ

（
やみは水です
ひふやしんけいは
微量元素になり
やみのなかへ
とけだしていきます
）

女神がいう
さあさわって。
ぼくがさわる

女神がいう
それなあに。
ぼくがいう
これかぼちゃ。
女神がいう
そおかぼちゃ。
まことに
ごつんとした
ぶったい
まことに
ぼちゃっとした
ことば
やみはことば
ことばはやみ
ここはぼくが来たかったところ
どんな目もとどかない

しずかなところ
安心するとき
触知はめざめていく
たとえば
ぐらすに注がれる
おなじみのびいるも
やみのなかでは
りにゅーあるする
色も分量もない
ぐらすのかたちは
指に新鮮で
くちもとにはこぶと
まっさきに
酵母のかおりが鼻にとびこむ
ふと冬のにおいが
おしよせてくるように

鼻はさいせんたんの
感性ではしりだし
鼻さきひとつまえへでる
びいるのあじは
未知のあじになる

ぼくは
やみのなかで
水をえたふぃっしゅになる
やみのなかで
女神の声はにくたいになる
ふれあう
密室のランデヴ
まるでぼくは
にくたいを求めるように
やみのふかみに

はだかになり
やみにうけみになれる
しあわせを
おさないせいりで
愛していく
よくみえる
やみがみえる
信仰心が
やみを愛していく
ぼくは女神に愛されていく

（
えら呼吸で
およいでいきます
系統発生を
さかのぼっていきます

くらいまっくすはちかいです

）

女神がいう
さあさわって。
ぼくがさわる
女神がいう
それなあに。
ぼくがいう
これかぼちゃ。
女神がいう
そおかぼちゃ。
まことに
ごつんとした
ぶったい

まことに
ぼちゃっとした
ことば
やみもことば
ことばには
おわりがある
密室の
さける音がして
やみが
われました
ひかり
もれだした
あかるみに
べちゃっ
と
水さされ

ぐさっ
と
目
とつじょ、
目
まぶしい
いやだいや
だだだと
ぼくの目は
女神のもとへ
かけだした
骰子をふるように
女神が
ふりかえる
どきっとした
ぼくは

どきっとした
この目で
見てしまった
女神の目を
それは
異星の猫の目でした

女神はその目でぼくにうったえた

さあさわりなさい
わたしの目に
おまえのその目で
さわりなさい
わたしのやみを
おまえにあげます

だけどぼくの目は女神をうらぎる
ぼくの目にはひかりがあるから
やみを愛するのも
ぼくの目が
ひかりに適していることの
はんぱつなのです
ぼくは女神もあのやみも
この目でぶすりとうらぎれる

それでもいい
さあおいでなさい
おまえの目を
いれてあげます
わたしの目に
いれてあげます

そうです

ぼくは
やみに祈る
失うために生きていけますように
あのきゃっつあいを
よるにはりつけ
ぼくはひとりやみに祈る

まほらに

月輪ゆする
いさなのむれは
あやなす聲の
珠おとし
おちくる聲の
たまさかに
われ
さき
わらい
幸となり
うつほのこころに

ひた
みちて
いやとお
浅みを
とうとうに
たゆらの
なみの
みちひきに
よろずの
光も
影も
さえて
うららにはららに
おそばゆ
きみを
まろばし

ひきすえ
たてまつる
いませ
まほらに
たをやめに
おせよ
ふとしき
いさなのごとに
ぼくはいちれつの馬になる

3がつのうみ

さむさが
ひとつ
またひとつと
だまって
きつい
とげをぬいて
はるへと
るてんしていく
すがたを
めにしたことは
いちどやにどあるだろう

だが
まだこごえる
3がつのうみへ
おろおろ
ためらい
おくれをとるまいと
ひざをおとして
でかけていく
かげを
めにしたことが
いちどでもあるか

ある
とこたえたものが
ふたりいた

ひとりは
かげをよびとめて
そっちへいってはいけないと
ひきずりもどそうとしたという
ひとりは
かげをみるなりくずおれて
もうしわけないもうしわけない
なみだをおしころしみおくったという

ひゃくまんとおりのたましい

なにしてくださった
なにしてくださった
みいんなながして
しまいなさった
これまでそれで
いきのびてきた
つまびらかな
こべつのえいいを
こっぱみじんにして
しまいなさった
それでは

おたずねもうします
にんげんやいえや
こうふくや
けしきやきおくや
いきするものは
なにをじゅんしゅして
ながらえればいい

ひゃくまんとおりのたましいが
いきばをなくして
みをよせあっている
ひゃくまんとおりのうでが
くつじょくをそらへ
つきあげている
ひゃくまんとおりのくだが
かなしみをむねに

すいあげている

なにしてくださった
なにしてくださった
みいんなながして
しまいなさった
あかるくみちて
いたのだぞ
すくいをもとめて
いたのだぞ
ちからをあわせて
いたのだぞ
よくもながして
しまいなさったな
みいんなきれいにして
かえしてくだされ

おでいのしたに
まめつしたみらいを
ひとつのこらず
かえしてくだされ

うらみませんからおねがいしまする
ひゃくまんとおりのたましいに
ひゃくまんとおりのいえを
あたらしくあたえてやってくだされ
ひゃくまんとおりのたましいに
ひゃくまんとおりのみらいを
あたらしくはいきゅうしてやってくだされ
さっそくてはいしてくだされ
もううらみませんから　おねがいしまする

石を抱く人

川底にくだり腰かけて
石を抱く人
あの人は、そうか
水だったのか
さぞかし覚悟がいったろう
朝まだはやい
しめりけのなかを
背を腹をおとし
ことばをなくし
ひくいほうへひくいほうへと
ひとりくだっていったにちがいない

みんながみんな
幸福のための練習に
ひとしく成果をえられるなら
なにもあの人も
くだることはなかったろう

（

わたくしが
みんなのわたくしになり
わたくしのみんなにたいする
競争になるのをやめ
みんなの幸福と
みんなの労働とが
おなじ
みんなのわたくしの
ひとつの成果になるように

わたくしは
どうしても
いそがなくてはなりません
）

おとなしくしていてもふるものはふる
へて
つもるものの
そのうえを
蹈《ふ》みかろむように
そのしたに
齋みおもるように
石を抱く
あの人は、そうか
水だったのか

ひとりくだって
いや
くだったのではない
あの人は
ひとりあがったのだ

むへんのひくみから
應《ou》
音がする
みぎわを
鳳《hou》
とぶ音がする

浮き舟

さす手
あまなぶ手
さなす
かぜ
ういもうけくも
浮き舟の
そまばそむとも
白露の
けぬべき
いめも
よしゐやし

いまし
ほなかに
かぜ
ほほまりて
髪
み、みだれても
手もやらで
みとく
まなほの
こころも
こころ
いやもひますに
手もとかれ
あゆぐとみゆらむ
せこそ
はなれめ

あにま

み
や
く
う、ち
だしてる
ふるぼ
りゆう
む
の毛《ke》ぶかい

か毛《ge》の

か毛《ge》の　　　したで

葉《h》葉葉葉《a》あ

ん？

なにあれしりしりひしめいて

く　ち　くち

ひらいて

い／き

してる

あ

はい

あ

ん

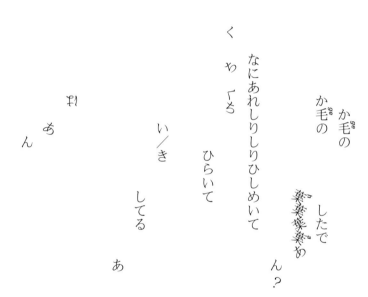

そお　っと　　そおっと

い／き

そおや

寧《ne》え？

うん

い／

く

い

く

う、

う、

は

あ
ん
って
もれで
てまいそお
よおけ
すうたらちくび薔薇になって
ま
おます
はあ。
ほんますう薔薇しくなって　ま
う
は
あ

はん

おん　まあまんまにあにまんま

い／き真《ma》したまんまんにたまります

乳わ

お　ちちお血

お靈《hi》ひひひ

あひ

はみ　乳

もれ土　われ

蟄《chitsu》

盛《mo》り

でる

おん　まあまんまにあにまんま

い／き真《ma》したまんまんに生霊《namatama》ります

うん
鱒も鯰も山椒魚も
おん
はるはる真《ma》るなまあなも
おん
するする遥《ha》るたままなも
お　威《i》、
はる
い／き
はる
は
ん
真《ma》、

ま

あ

ん

うお！

美《uma》！

はる

い／つ

はる

う

っ　ぱなおんまる鼻げっちょ　まはん

う

まんま

にあまんま

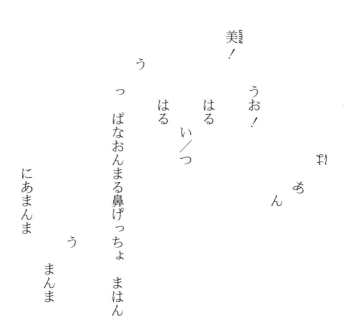

んあ

宇《u》ー

真《ma》

あうーあ

う

真《ma》　あ

う

ん。

うまに　あうまに

おなまうに　おまん

生。　う霊《hi》ひひ

あひひ

あ火火ーん

あ

ん痲《ma》　ん痲《ma》

あ　うら
まに
あにあんま
うう
真《ma》
爾《ni》　あ　まんま
うれまにあにまにぬれまにあ　まひ
生霊《namatama》る
もれぬしもぬ

生゜ひひ　、あ　あひあひ
あ　そ虎《ko》穴《ana》　こっそり　百合の
爾《ni》
生゜ひ、
あひ
。

あ び

らび ら

薔薇

ふう

なんていっせいに星、きれい。

みっしんぐ

お指のはらみ
　　お。
慰なみ　　おな　みに　こなみ　　おミル　貝
　　　　　　　　　　　　　　み
　　　　　　　　　　　　　　　ゆるうぽ
ふくら　み　みもはむゅ　れ
み｜　の音みのみおともして　きみみになま　み｜　およみきかせ
心み　さ　　みしく

推移　する

お。

未遂

みのうしの　み　うしの　みの　いの　ひ　ようひ　よう

お。

お　だらに

からだ　み

ひ　ようひ　よう

お。

し

みー

だして

あたしみー　もろ煮だして

お。

味噌

して

最もみー　やばみーも揉みだして　もっと　かわゆみー

だだ

もらして

やだ。

みえ　なそうなの　見ち　や　だめ

なま。

お。

からだなま　み　なの　　みえにくく

させてみたいし

見せ　び

ちら

やだ。

なま　み見てみて　いまみみて

お。

み　やぶり　おミル　貝　びち　る

はみ

だし

幸福のしろみ

つみに

め　つぶ

る　ち　びる

みられまみれの皺みがお。ガーゼが肺を息して　る

きれいなのは　骨みだけ

きみは潔白。
あしたみとびちる

あぽん

ぬかるみをわたる
粗相のない
杖に
いち日のたましいをすいあげまして
おひざに
落下傘たらしましたら
ここに
きいろい時代のとうらいです
でんぷんしつの雲は
てんめつし
はっかの

ぷらずまをはきだして
a ha
にんげんは
にんげんをついにやめてしまった
まぐねしうむも
あんもにうむも
たすけにはいかなかった
あるこほおるも
にんげんをよろこばすひつようがもうなくなった
えたのーる
しーつーえいちしっくすおー
えあーしっぷの
診療所から
梯子をつたってぞろぞろと
きいろい医者が
すてんれすの

舌圧子をぶらさげておりてくる
あぱかあむ
くちをひらいて待っている
まらぷてるるす
えれくとりくす
にんげんは
みんな電気鯰
てもあしも
おうとつも
みんななくしてしまった
前頭葉も
扁桃腺も
みんな発電器になってしまった
u ho
ぷらなりあ
らむぷりぃ

にんげんたちに
いっておくれ
さいごの中立をどうして捨てた
u ho
ぷらなりあ
らむぷりぃ
わらっておくれ
うらがえる海の大水深域で
まらぷてるるす
えれくとりくす
にんげんは
みんな電気鯰
叡智も
勇気も
みんななくしてしまった
こんくりいとは

とけだして
あいすくりいむだ
ばくてりあ
にんげんじだいの
残置物は
森羅のくすりに分解されて
どれもきいろい分子になりました
a ha
ぷらなりあ
らむぷりぃ
おしえておくれ
どうして
にんげんの言葉は
ほろびなかったのか
あぽん
うぱぱいぽん

にんげんはほんとうに
よい仕事をした
言葉をつくり残したのだ
あぽん
うぱぱいぽん
なんどでもいう
こんなに美しいものは
ほかにない
だから
にんげんがほろびても
言葉だけは残った

わんす
あぽんな
たいむ
またひとつまたたいていく

カウント

（

かくうの
おんせいは
いまあじゅの
すこあへ

しらぶるを
ふたいして
ひょーき
されていく

）

うわ　っ
あたま
だつ　ぴ
してるね
げんばく
どおむ
だつ　ぴ
してるね

ええ
あれは
だいかこの
だつ　ぴ　です
まいにち
まいにち

あたま
だつ　ぴ　します

まいにち
だつ　ぴ　したら
あたま
なくなるね

まいにち
あたらしく
あたま
はえます

せんせー
だいかこつて
なんですか

それは
かこよりも
かこへ
とおくて
いまより
はげしく
みらいに
ちかい

わたしは
あおぎりの木のまえにたっていた
みきのいちぶは
いたいたしくも
べろっとむけてかたまっていた

わたしのよこで
わたしをしるひとが
かなしいかおして
やはりたつていた
わたしをしるひとが
そつとたちさつたあとも
わたしは
ひとりでまだたつていた
こんなにりつぱに葉をつけて
こんなにりつぱにいきのびて
空はしずかにたかかつた
なにをおもつたか
わかりません
わたしは
さかる木とあの空とが
いつちよくせんになるいちへ

からだをのりだして
はいろうとしたのです
まるで
いんとくの
すかあとのなかへ
まぬかれもぐりこんでいくように
わたしは
木のしたへ
はいつていきました

う　わ♡

はからずも
把捉されちまつた
わたしは
かんぜんに

把捉されちまつた
ずうむと
瞳孔のひらいためは
そのちよくせんじようを
ちえんしたまま
はしつていました

ら
ら
ら

ら
ら
ら

咲いて
いました

いくつもいくつも
せみの
ぬけがらが
そらそら
空
そら
あの空
空に
いくつもいくつも
だつぴした
なつのひろしまが
咲いて
いました
いくつもいくつも
なつを
打つて出て

空をたたいて
ないて
いました
むごい
なつの日を
（みらいえいごう　　）
おぼえて
いました
この土のしたで
いきて
いました
残像の空に
いっせいに
約束をして
飛びたつために

うまれてはじめて
いまあじゅの
外に
だいかこの
だつ　ぴ　を
見たのです
わたしは
いまあじゅが
肉体をえたよろこびを
ぜんりよくで
表明してみせたかつた
だから
神保町の
太陽堂で買つた
8千円の
ふるいふるい

ふいるむカメラをかまえて
わたしは
ふあいんだあのなかを
のぞきこみ
ぜんれいを
そそいで
シヤツターを切つた
あかいまあるい
ボツチをおすごとに
こつちん
かわいた音がして
なつの
ぬけがらを
ひとつ
ひとつ
ホチキスどめして

カウントしていた

ななしの星

きょう
もし
みちのはしや
ぶらんこのある公園の
すみのくぼみで
わなないている
ななしの星をみつけたら
するする
そこまでおりていき
だいじなはなしがあるといって
ちりちりもえる

ゆうやけのしたを
だれにもしられずにあるいていくのです
そしたら
かみと
いんくと
ぺんを
むじんのこうかんじょで
手に入れて
ななしの星に
あたえてやるのです
あした
星はななつの詩になり
ななつのめいめつで
はしるだろう

あなたのことばを買いにいきます

ふゆはそらごとつめたいです
あたし
あなたのことばを
買いにいきます
あなたのことばが
ただではこまる
ほんとうは
あたし
手もだせない
でも
やさいや

おこめや
みそやしょうゆや
すこしのごほうびを
買うように
あなたのことばを
買いにいける
あたし
それがうれしくて
おさいふをにぎる手が
うれしくて
あかい
まにきゅあぬって
あたし
あなたのことばを
買いにいきます
ふゆはむねごとくるしいです

あたし
しあわせも
ふしあわせも
いりません
ほしいものは
あたしに
につかわしいことばだけ
あなたは
それを
おしみなく
あたしに
わけあたえてくれる
だから
あなたのことばを
買いにいきます
こんなに

そらもつめたくて
こんなに
むねもくるしくても
いい
あたし
あなたのことばを
買いにいきます

おけしょうしていきます
すこしおくれます
きっと待っていてください

てぴ と てきゅ

水平に
浮かせた
ながく
よくのびた手の
小指球から
水平に
め線で
スライスすると
手 p《ぴ》と 手 q《きゅ》の
2枚になる

め線も
ついでに2枚にさけて
ひとしく
手*p*と 手*q*の
ものになる

手*p*はいつも
手*q*にいつも
見つめられていると思いこんでいて
手*p*はいつも
手*q*に
くどいようだけど
見つめられているのを見たと思いこんでいて
で、
手*q*のほうは
手*p*のめ線がいつも

手 *p* をでてすぐ
手 *p* へもどっていくのを
ここまでこないのをいいことに
こないでほしいと恣に
まったくぶつりてきに見つめている
つまり
手 *p* は
手 *q* を見つめていないし
手 *q* も
手 *p* を見つめていないし
あわせてひとつになれるのに
あわせてひとつになろうとしない
この
め線 *p*-*q* 間
えいきゅー幸福離反性
なぜだ

でも
なんてしあわせだったろう

おぼえている
まだ
ひといきにひろがる
わかれにおされ
はなれていく
手 *p* と 手 *q* は
きすをした
ながいながい
いとひくきすを

でも
なんてしあわせだったろう

どうして
はなれていく
ほどに
あつくなる
ねつは
へだたりの
差分に
みまもられる
ままに
ないみつの
あまい
そとがわから
ずっと
手 p と 手 q は
見つめていた

なのに
愛するものは
みんな変位する
もえては
さめる
惑星のように
手 p と 手 q は
見つめていた
いとひくきすに
むすばれて

なんて
しあわせのおわりだったろう

ひきさくちからが
ひきよせて

おもいではさめて
こなごなになっても
ずっと
手 p と 手 q は
見つめている
けして
さとられないように
あの
あわせてひとつになれるのに
あわせてひとつになろうとしない
め線 p－q 間
えいきゅー幸福離反性に
すべてをかけて
手 p と 手 q は
見つめている
なにを

転生を
わたしが
わたしでは
なかったかもしれない
ほうにある
なにもかもを

せくれしょおん

星がつめたくて
恋しくて
きゅうに綺麗だったから
つばをおとす
好きだから
ひとつおとした
ふたつ　おとした
外灯にひかって
かがやいて
うれしくおちて
星になる

夜の巡礼者は
夜をはく
孤独と失望の
えくすはれーしょん
星のすくらむ
またひとつ
聖地が誕生する
してぃー
すさまじさだけが美しい
またたくねおんが
激写する

なめるしたべるし
ぺろぺろひかります
舌はいっぴきの

なまこになります
そうして
やつめうなぎの
しんかした
腸管のなれのはてを
くちはひらいて
おくまんねんまえの
海になります

親愛なるせくれしょおん
きみは
なんて分泌でしょう
おしっこし
なみだし
あせし
くしゃみし

きすし
えっちし
うんちもし
きみをみたす
あのきらきらは
ここにいるみんなのいのちを
よろこばせる
ごらん
いまにも
ちりぢりになりかけていた
かわいそうな
あの器官たちも
きみの献身的な
はいりょになみだし
あんなにきらきら
みちていくではないか

あんなにきらきら
よろこんでいるではないか
ああ
なんという
えき性のじゅえりい
おしみなく愛する
きみは
とれびあん

そう
たかい霊性は
いい管をとおる
あついおんちょうは
はるか霊性の
たかみからもたらされる
ねつによるものです

ぼくへとれんけつする管も
きたるおんちょうを
待ち望み
きみとさみしく
おしっこします
いまそれをここで打ち明けるのは
きみを讃えず
たぶーへ追いやる
新時代の定説と
けつべつするためです
おそれずにいう
きみと器官との親和性は
宇宙的のすたるじいと
管的めらんこりいの
けつごうによる
ひとつの

まばゆいきせきです
きみは
霊性がさずけてくれた
さいしょでさいごの
愛だから
ぼくたちはきみと
祝福しよう
きみを祝福しよう
そう
いのちは
きみのいるところに生まれ
きみといっしょに生きのびてきた
おそらく
きみにつづくものの
さいたるものは
ぼくにとって

ここにこうして
いじらしくもいきづく
これらの言葉そのものなのです
ですから
親愛なるせくれしょおん
ぼくも
くれぐれも
きみに恥じぬよう
からだを
ぬ　め　ら　す
言葉を
このさきも
おしみなくもらすことを
ここにちかいます

（　きっと　いっしょに祝福しようね　）

ぱり、これ

え
なに、これ
だれ、これ
みたいなし――を
くりだして
みよー
おもうても

え
なに、これ
だれ、これ

みたいなしーーは
よー
くりだされへん
おもわへん？

ほな

え
なに、これ
だれ、これ

みたいなしーに
どー
まちごうたら
なりますのん？

そら

やっ
ぱり、あれ
なんちゃいますか

ちから
ぬく、ゆー

ことちゃいますか

ちから
ぬく、て
どないですのん？

そら

やっ
ぱり、あれ
なんちゃいますか

じぶん
ぬけてく、ゆー
ことちゃいますか

これ、じぶん
おもうて
ちから
いれてきたもんに
これ、もう
ええわー
おもうたときに
ほな
ひとつしーでも
くりだしたろかー
おもうて
ちからぬいて
くりだした
しーが
おもいのほか
ばりきをだしよる

これ、じぶん
おもうて
ちからいれて
ながいこと
かこって
ぬけでよらんかった
じぶん
ようやく
ぬけでよるとき
しーも
かってに
ぬけでよるさかい
もう
こーなると
あともどりは
できひんわけよね

しーは
ぞくぞく
らんうぇい
しよる
しじんは
しーに
さきこされてやね
もう
え
なに、　これ
だれ、　これ
ゆー
もんに
かってに
なっていきよる
ほんで

おんなじ
にんげんが
くりだしてるとは
とーてい
おもえへん
しー　しー　しーが
らんうぇい
せんきょして
ぬけていきよる
え
なに、これ
だれ、これ
やっ
ぱり、これ
これ！
みたいな

しー　しー　しー　しー　しー　しーが
いちぎょういちぎょう
らんうぇい
しよる

それを
しじんは
ばっくやーどで　うしししし　みとる

えんとろ　ぴー

朝食まえです
雨はあすから
ながい休戦協定に
入るもよう
もしも
水たまりへ
お出かけのさいは
まんをじして出かけましょう
なにせ
あすの晩から
あさってのあけがたにかけて

しだいにのぞみも
うすくなるでしょう

天気予報は
きょうも空耳です

ミシンはミシン
傘は傘
こまめに
手入れをしてあげますと
うんめいが
うんとさきまでのびていきます
肛門は心して
洗っておくように
とりわけ
定期的な穴のあけしめは

えっせんしゃるです
きょうは
まちにまった木曜び
へりくだる
きみの肛門が
いそぎんちゃくに
なる日です
そーれ
虹ものぼった
とてもいい
れっつ
ろーずしょこらの
いんびな
まうすを
ゆるめて
そふとな

てぃーすが
むぽぽむ
ふくらみ
発展
みるからに
せんたん
まぢでせだくてぃぶ
んー♡
つかまえた
とゆーことで
さっそくいただきます
んー♡
抱いて
BYEBYE
愛して
BYEBYE

きれいに
生殺して
穴のおくまで
どぷぽ　んぽんぽ
丸のみする
その食べっぷり
えろくて
とてもいい

地球は
きょうも美BODYです

きみのいそぎんちゃくは
ざっしょくで
ももいろの気流や
ふとい月光や

童貞の雲なんかを
よく食べます
めたんがすは星のあじ
めちるあるこーるは森のあじ
みんな
地球に生えている
そして
木曜び
夜どおし食べているとき
いそぎんちゃくはかんがえる
おとといのかがやきも
地球のおおらかさも
ピンボール台のふしあわせも
港のこどくも
みんなおんなじ地球なのだ
地球を食べる

とてもおいしい
とてもいとおしい
だけど
あふれそうになるのは
なぜだろう
とてもかなしいのは
なぜだろう
それは
地球があふれるもので
いっぱいだから
えんとろ　ぴーする
うんめいにあるから
もしいっせいに
えんとろ　ぴーして
しまったら
地球はさかいめを

なくすのです
生体膜もとけて
きえるのです
みんな
ちからをうしなって
いなくなってしまうのです
だけど
えんとろ　ぴーして
しまわないのは
えんとろ　ぴーして
しまうまいと
地球がけんめいに
食べているから
いそぎんちゃくはかんがえる
地球はひそかに
食べている

えいえんとろ　ぴー
を食べている
やった！
えいえん
みつかった！
そうだ
食べることは
生きのびること
生きのびることは
えいえんを
食べること
食べることは
たくましい
いそぎんちゃくは
うれしくなる食べる
いそぎんちゃくは

食べるたくましくなる

筋肉は
きょうも薔薇色です

ごちそうさま
いそぎんちゃくは
あおいげっぷをして
しまるまっするで
地球をけって
ほっぷすてっぷ
じゃんぷして
くるっとまわって
きみの肛門へ
きのうよりたくましくなって
もどってくる

ふしぎなことに
おぼえているのは
食べられた
森や
雲や
がすや
あるこーるたちの
食べ
られていくときの
あの
えんとろ　ぴー
っぷり
あの
どぷぽ　んぽんぽ
丸のまれていくときの

なまで
あたってるかんしょくと
そして
一回性のいとおしい
げしゅたるとが
地球のうらへ
つれていかれるときの
あの
救いようのない熱量を
おもいだすたび
またしても
きみの肛門は
あ　　つ　くな　　る

なんかでてるとてもでてる

著者
蜆《しじみ》シモーヌ

発行者
小田久郎

発行所
株式会社 思潮社
〒一六二-〇八四二 東京都新宿区市谷砂土原町三-十五
電話〇三（五八〇五）七五〇一（営業）
〇三（三二六七）八一四一（編集）

印刷・製本
創栄図書印刷株式会社

発行日
二〇二一年十月二十日　第一刷
二〇二二年九月二十日　第二刷